土岐善麿の百首

歌人入門 ⑩

河路由佳

目次

凡例

●読みやすさのため、漢字は現在常用される新字体、振り仮名は現代仮名遣いとする。
●同じ作品が複数の本や雑誌に掲載され表記が異なる場合は、本人の最終的な推敲を反映したと考えられる後の表記に従った。すなわち『NAKIWARAI』から『斜面逃禅記（眼前抄）』までは、『土岐善麿歌集』（一九七一　光風社書店）、その後の作品は『土岐善麿歌集第二　寿塔』（一九七九　竹頭社）の表記による。
●上記の前後で、いずれにも収録されていない作品については、発表時の表記に従う。
●引用文中の〔…〕は、河路による中略。〔　〕内は河路による補注。
●年号は、明治、大正、昭和にわたるが、経過のわかりやすさのために西暦を優先的に使う。
●湖友、哀果、という号を用いた時期もあるが、人物をさすときは一貫して善磨と呼ぶ。
●特に出典を示さずに後に善磨が語ったと書くものは、池田弥三郎らによる一九七六年のインタビューによる。

＊角川「短歌」「土岐善麿研究」全十回（一九七七年十月～一九七八年八月）と「土岐善麿が語る初の個人史　歌の成立論　土岐善麿研究」（一九七七年「短歌」七月臨時増刊号）

土岐善麿の百首

風に舞ふ落葉の数も見ゆるまで鐘楼《しゅろう》斜に冬の
月さえぬ

十七歳、東京府立一中（現：日比谷高校）時代の作品。筆名は〈湖友〉。冬の夜、境内の鐘楼の斜め上に冴え冴えとした月があり、その明るさで風に舞う落葉が一枚一枚数えられるほどよく見える、という叙景歌。鐘を「しゅ」と読むのは呉音で、仏教用語特有の読みである。善麿が生まれ育った等光寺は浅草の東本願寺一体に甍を連ねる二十一の末寺の一つである。府立一中の短歌会の指導者は金《かね》子《こ》薫園《くんえん》で、この作品は「新声」（一九〇三年二月号）に掲載された。善麿は校内の文芸誌「学友会雑誌」でも活躍し、国語教師に文学の道を勧められたのだった。

ほゝゑめばやさ眉すこしよる癖も君にうつくし春の燭《ともしび》

二十歳ごろの作品。微笑むと、優しい眉を少し寄せてはかなげな表情になる癖のあるあなたが、春の夕べの灯の下でことさらに美しい。相手の個性が具体的で、イメージが湧く。早稲田大学に入学後、薫園の「白菊会」に入ったころの作品で、薫園の『凌宵花《りょうしょうか》』（一九〇五）と『伶人』（一九〇六）に載っている。薫園は平明な作風で、当時流行していた「明星」に対抗し「清純な天地」としての叙景歌を唱えていた。〈湖友〉は少年時代に父がつけた号で、一八九八（明治三十一）年四月八日の読売新聞に父の句の隣りに十二歳の湖友の俳句が見える。

春の夜はほのぼのあけぬけふもまた思ひくら
さむゆくするゑのこと

二十一歳。早稲田大学の同級生の若山牧水と二人で、国木田独歩『武蔵野』を片手にわらじを履いて歩いて作った作品が「むさし野」と題して読売新聞に牧水と五首ずつ十回連載された。この作品は一九〇七年一月二十七日の第二回の一首。春の曙にぼんやりと将来を憂えている。善麿は一九〇五年九月、窪田空穂『まひる野』の「純真なリリック」に心を覚まされた。一九〇六年六月に父を失った悲しみの中で、自然主義的な抒情に惹かれていったようだ。このころの善麿は、ロシアやイギリスの文学に傾倒し、詩や短編小説の翻訳も発表していた。

『はつ恋』（一九一五）

亡き人よ君が生れしはつ夏のはたとせまへの
朝の風吹く

一九〇七年六月二十三日、読売新聞連載の最終回の最後の一首。初句は亡くなった人への呼びかけ。その人が生まれた二十年前もこんな風が吹いていたろうと思いながら、切なく初夏の風に吹かれていることを告げている。「山鳩」（一九〇六年九月）所収の「初月忌」と題する文章では夭折した従妹を悼んでいるが、短歌では、〈野に声す汝が恋びとはいまなきもここに春あり出でて遊べと〉（三月三日読売新聞）とあるように恋人として詠まれている。金子薫園や尾上柴舟は恋愛歌を遠ざける傾向にあったが、善麿の初期作品には人を思う作品が多い。

『はつ恋』（一九一五）

ふとぞ聞く君おもふときわれとわが柩の蓋に
釘うつ音を

亡くなった恋人を思うとき、自分自身の棺の蓋に釘を打つ音がふと聞こえる、と詠む。棺の蓋に釘打たれる「われ」は既にこの世の人ではない。恋人の死を悼む作品は多く、どれも哀切で、ときに自ら死を考えたり、自らの生を疑ったりする。後に『土岐哀果選集』（一九二三）を編んだ窪田空穂はこれらを「空想時代」の習作と位置付けるが、善磨自身は、「幼ない中に、一脈純真なもののあるのが自身にもうれしく思はれた（序）」と述べて約十年後に『はつ恋』と名付けて刊行した。一九〇八（明治四十一）年の年頭から、号の湖友を哀果と改める。

『はつ恋』（一九一五）

Kimi wo omou, ——

Rosechi no Fude no Beatorisu,

Sono shizukanaru Sugata wo omou.

Ⅰ（一九〇七年）の作品。『はつ恋』では〈君をおもふロセチの筆のベアトリスその静かなる姿をおもふ〉と一行書きである。ヘボン式ローマ字三行書きの歌集『NAKIWARAI』は三部だてで、ⅠとⅡの作品の多くが『はつ恋』と重なる。この作品は十九世紀英国のロセッティによる絵画「ベアタ・ベアトリクス」に、亡き恋人を重ねたようだ。この絵は、イタリアの詩人ダンテの詩「新生」の恋人ベアトリーチェが二十五歳で死ぬ瞬間を描いたとされ、ロセッティが亡き妻への哀悼の思いをこめて描いたと言われる。死にゆく人の表情が切ない。

『NAKIWARAI』（一九一〇）

Kashikomite Inori no toki no Orugan no,

Futa toru omoi, ——

Kimi ni mono iu.

Ｉ（一九〇七年）の作品で、『はつ恋』では〈かしこみて祈祷《いのり》のときのおるがんの蓋とるこころ君にものいふ〉。『はつ恋』で直後に「救主いえすきりすと」が詠まれており、この歌もキリスト教会での祈祷をイメージしてよさそうである。謹んで、祈祷の伴奏をするためのオルガンの蓋をそっと開けるように、あなたに話しかける、という繊細で上品な恋の歌である。当時、善麿がヨーロッパやロシアの文学と並行して強く惹かれていた国木田独歩は敬虔なクリスチャンだった。歌集名の『NAKIWARAI』は独歩の短編小説「泣き笑ひ」から借りた。

『NAKIWARAI』（一九一〇）

—— to katareba,

'Ya, ima omoeri shika ware mo' to ii, tagaini,

Yorokobishi koro!

Ⅱ（一九〇八年）の作品。『はつ恋』では〈と語れば、や今おもへり然かわれも、といひかたみに喜びしころ〉。ローマ字三行書きでは、ダッシュや引用符、感嘆符によって情報量が増え、わかりやすくなった。冒頭を省略して、「……と語れば」からはじまる初句は斬新。何か言ったら、やあ、私もいま同じことを思った、と（相手が）言って、喜びあったころが懐かしい、という感慨が、最後の感嘆符によって鮮やかになった。後に善麿は「かたみに」ということばはローマ字で書くと意味がとりにくいから「たがいに」に変えたと説明している。

『NAKIWARAI』（一九一〇）

Tsuma to futari,

Toaru Kashiya wo mi ni iritsu,

Usukuragari no Haru no awaresa!

Ⅲ（一九〇九年）の作品。この年二月に善麿は恋を実らせ、タカと結婚した。愛する女性との結婚、新居探しは幸せに違いなかったが、下の句の畏れや不安が一首に深みを与えている。善麿は、一九一〇年三月に若山牧水を中心に始めた「創作」に参加、創刊号からローマ字三行書き短歌を寄せた。この歌は四月の「創作」第二号に寄せたローマ字書き短歌八首の中の一首。七月の「自選歌号」では他と体裁を揃えて〈妻とふたりとある貸家を見にいりつうすくらがりの春のあはれさ〉と書いた。第二号に現れた石川啄木の短歌は一般的な一行書きである。

『NAKIWARAI』（一九一〇）

Omoshiroshi!

Sono Hara no nakani yadori ite,

Oriori chisaku ugoku chō Inochi!

010

Ⅲ（一九〇九年）の作品。若き妻の胎内に宿る小さな命への感動、初めて父となることへの無邪気な喜びが初々しい。一九一〇年六月に生まれる長女が妻の胎内にいたころの作品だろう。「自選歌号」では〈おもしろし、その腹の中にやどりゐてをりをり小さく動くてふいのち〉と書いているが、この作品はローマ字表記が饒舌だ。一行目と三行目の初めの大文字のO、中にちりばめられた小文字のoが十もあって、胎内の命を暗示するようなおもしろさがある。また、一行目と三行目の終わりがイ段（i）と感嘆符で韻を踏んでいるのが目に見える。

『NAKIWARAI』（一九一〇）

焼《やけ》趾《あと》の煉《れん》瓦《が》のうへに、
小便をすれば、しみじみ、
秋の気がする。

「創作」第九号（一九一〇年十一月）。この号から、善麿は短歌の漢字仮名交じり三行書きを始める。この歌は「創作」では「小便」が「Syoben」だった。この一連について、同年十二月十八日の朝日新聞に石川啄木が「この人が人の褒貶を度外に置いて一人で開拓して来た新しい畑に、漸く楽《たの》しい秋」が来たようだと称え、特に「小便」の歌がよいと書き、「小便」だけをローマ字で書く必要はないのではと問いかけた。遡って八月三日の朝日新聞に啄木は『NAKIWARAI』を技巧や装飾、誇張を排し勇気と真実のある作品だと絶賛した。

『黄昏に』（一九一二）

革命を友とかたりつ、
妻と子にみやげを買ひて、
家にかへりぬ。

一九一一年の「創作」二月号。二十五歳。革命を語り合った友は、石川啄木である。啄木は前年末の『一握の砂』で善麿に倣って短歌を三行書きにし、「創作」でも一月号から三行書きを始めた。一月十日の読売新聞に楠山正雄が、短歌では哀果と啄木が最も注目されると書いた。そこで、善麿は十二日に啄木に電話をかけ、翌十三日に訪ねた。掲出歌の前に〈夜《よる》、はじめて訪ねて行きし、／わが友の、二階ずまひの、／ 冬の九時かな。〉とあるとおりである。啄木は革命を語り善麿は心を動かされた。そして、大切な妻と子にお土産を買って帰ったのだ。

『黄昏に』（一九一二）

日本《にほん》に住《す》み、
日本《にほん》の国《くに》のことばもて言ふは危《あや》ふし、
わが思ふ事。

「創作」一九一一年五月号。初対面以後、啄木とは何度も会って社会思想啓蒙誌「樹木と果実」の出版計画を具体化した。一月下旬、前年五月に大逆事件で検挙された知人の幸徳《こうとく》秋水《しゅうすい》ら十二名が処刑された。善麿は大学生のころから社会主義に関心が強く、彼らと交流があった。この歌の結句、「創作」誌上では「われらが思ふ事」で、啄木と二人を指したと思われる。『黄昏に』では自分独りのこととした。歌集『黄昏に』は、扉に「この小著の一冊をとつて、友、石川啄木の卓上におく。」と書いて一九一二年二月に出版。四月十三日、啄木は死んだ。

『黄昏に』（一九一二）

りんてん機、今こそ響け。
うれしくも、
東京版に、雪のふりいづ。

大学卒業後、読売新聞社に勤めた善麿は、仕事に前向きだった。一九一二年五、六月の連載「新しい女」は、与謝野晶子を皮切りに松井須磨子、画家の長沼（高村）智恵子、プリマドンナの柴田（三浦）環ほか二十五名の女性に毎日のように取材して書いており、精力的な働きぶりが想像される。小市民的な生き方に忸怩たる思いを見せる作品もあるが、働く喜びもあった。掲出歌は輪転印刷機が雪の日、大量の新聞紙を刷りだすリズムが聞こえるようで、充実感が感じられる。歌集名の「黄昏に」はチェホフの英訳短編集『In the twilight』から借りた。

『黄昏に』（一九一二）

快く談りし後に、いきなり、
その顔がなぐりたくなりて、
あわてて、わかれぬ。

歌集『不平なく』は一九一三年七月に出た。その五月には読売新聞特派員として「満洲」「朝鮮」を巡って連載記事を書いた。啄木の遺稿を二冊に分けて出版し、六月にはトルストイの『隠遁』の翻訳を出版、文芸思想誌としての月刊誌「生活と芸術」の準備も進めていた。多くの人と種々の交渉を重ねたことだろう。荒畑《あらはた》寒村《かんそん》、堺《さかい》利彦《としひこ》ら社会主義者との交流もあった。二人の娘の父、善麿は、「不平なく」生きようという気持ちと、社会への不平を発信すべきだという気持ちの間で揺れていたという。この歌には善麿の過剰なエネルギーが漲っている。

『不平なく』（一九一三）

ザボンよ、ザボンよ。
ナイフを手にして、そのいかにうれしげなりし
顔をわすれず。

一九一二年の新年、病状の深刻な啄木一家のもとに善麿は九州産のザボンを持参した。七日付の手紙に啄木は、「昨日昼に残りの半分を出さした時は、僕は思はず声を放つて喜んだよ。昼の光で見ると、あの厚い皮の内部の柔かい所が何とも言へない程なつかしい薄紅い色をしてゐるぢやないか。」と書いて改めて感謝している。没後、妻、節子に託された遺稿をまとめて、一九一三年五月下旬に『啄木遺稿』、六月初旬に『啄木歌集』を出版したが、節子は五月五日に亡くなり、節子の生前にはついに間に合わなかった。「樹木と果実」の志を継いで、「生活と芸術」を九月に創刊した。

『不平なく』（一九一三）

ひとりは傘《かさ》をさしかけ、
ひとりは林檎をむけり、　五月、
菜の花は黄に。

（満月台にて）

一九一三年五月六日から二十二日間、善麿は読売新聞特派員として下関から朝鮮半島の釜山《ぷさん》に渡り、京城《けいじょう》（現：ソウル）、平壌《へいじょう》（現：ピョンヤン）へと北上して国境の鴨緑江《おうりょっこう》を越え、「満洲」の奉天《ほうてん》、ハルビン、旅順《りょじゅん》へと巡遊して東京へ記事を送った。『佇みて』はその旅行詠である。掲出歌は、開城《かいじょう》（現：ケソン）での作品。満月台は高麗王朝の王宮趾だという。菜の花の黄の鮮やかな五月、現地の女性だろうか、一人は日傘をさしかけ、一人が林檎をむいている。穏やかで美しい。初めての地で、思わず定型をはみ出したような自由律である。

『佇みて』（一九一三）

死にたくなし、——
寂寞として、
わが伊藤の斃れし歩廊に、月ありにけり。

この作品について後に善麿は「わが伊藤」は「〔ハルビンで暗殺された〕日本の伊藤〔博文〕」を意味し、こんなところまで来て、国のために働いて、その時代や土地の感情と合わない運命を負ったことへの感慨だと話した。読売新聞の連載は、同年五月十五日から七月十三日まで全四十一回で、「哀果生」との署名入りである。七月一日の第三十四回「ハルビンとの別れ」に、現地の病院に勤める播磨《はりま》楢吉《ならきち》がハルビンの駅で「車窓から歩廊《プラットフォーム》を指さし」、「伊藤さんの殺されたのは、あの、アーク灯から二三間先のところです」と言ったとだけ書かれている。

『佇みて』（一九一三）

一兵卒として、
われも、そのとき、ありたらば、
銃剣をとりて、ここにありたらば。

（旅順）

旅の最後が旅順だった。七月十三日日曜日、連載の最終回で、善磨は日露戦争の旅順戦で最も戦闘の激しかった二百三高地の麓に立ち、当時ここで「真剣に命のやりとりをした」日露の軍人に思いを致した。そして想像したのだろう。もし、あのとき銃剣をもって一兵卒として自分がここにいたら、と。命をかけて戦ったに違いない。日露戦争が始まったとき、善磨は十八歳だった。記念品陳列館では惨憺たる戦争の傷跡や使われた武器などを見ながら「愛国心を沸騰させた」少年時代を思い出している。日露戦争の勝利は近代日本の栄光に違いなかった。

『佇みて』（一九一三）

汗みどろの
顔をふりむけて、炎天の
荷ぐるまひきがわれをば見たり。

社会主義思想に共鳴していた善麿は、労働者に近づこうとする。炎天下、汗まみれの荷車引きに近寄ってみるが、その目は「お前ごときに何がわかる」と言わんばかりに冷ややかだ。一九一四年の「生活と芸術」五月号に大杉栄《おおすぎさかえ》は「おい、土岐。」に始まる善麿への意見文を寄せた。大杉は「中産階級」の善麿を批判し、「自覚や苦悶を裏切る君の生活」を嫌悪し冷笑するとまで書いた。善麿は後記で感謝を述べ「僕は自身に対してもつとひどい『冷笑』を加へてゐる。そして、もつと真摯にもつと忠実にもつと残酷に自己批評をしてゐる。」と書いた。

『街上不平』(一九一五)

惰《なま》けろ、
もっと惰けろと呟きつつ、
働くかなや、　きのふもけふも。

一九一四年の「生活と芸術」二月号の巻頭では、結句が「ひとよりもおほく。」である。「生活と芸術」の短歌欄には八十人余りが作品を寄せているが、半数以上が善麿にならった三行書きで、善麿の影響の大きさがわかる。中でも大熊信行は毎号力のこもった三行書きの短歌を寄せている。善麿は勤勉で、新聞記者としてもそれ以外でも、評論、翻訳、随想、詩、短歌を猛然と書いている。新聞には無署名の報道記事も書いていたようだ。充実した月刊誌「生活と芸術」の編集も大変だったに違いない。働きすぎだとわかっていても、やめられなかったのだ。

『街上不平』（一九一五）

むっつりとかれは働く、
むっつりと
その傍に、われ、近づきにけり。

一九一四年「生活と芸術」五月号では「むつつりとかれは働く、／その傍に、／われは近づきて、しばし語るれ。」である。推敲の結果、促音を小書きにした「むっつりと」を重ね、近づいていく緊張感を描き、その先を読者の想像に任せて余韻を残すことに成功した。この労働者は新聞社の同僚だろう。近づいて語り合える仲間である。このころから、善麿は日本のローマ字社の事務取扱としてローマ字普及運動に尽力し、エスペラント語にも取り組んだ。誰にでも易しく学べるローマ字やエスペラント語の普及に使命感を覚えたようである。

『街上不平』（一九一五）

玄関を
あくれば闇のさむさむと
立てる刑事を悲しみにけり。

「二月五日の夜」と詞書がある。一九一五年のその日午後八時、版元（東雲堂）にあった「生活と芸術」二月号が没収され、発売禁止処分を言い渡された。その後、刑事は善麿の自宅にもやってきた。驚いただろうが、掲出歌には刑事をあわれむ余裕がある。〈書斎のなかに／なにを考へてゐたりとて／あぶなくもなし、なんとするものぞ〉。善麿は怒りや畏れより、悲しみを覚えたようだ。この号と翌三月号では、荒畑寒村と楠山正雄の激しい論争が展開されていたが、善麿は「第三者として」、双方を立てながら、同誌での論争を終わらせた。

「心遊ばず」（『土岐哀果集』）
（一九一七）

海うしにもの言ひかくるこころなれ、海うしはだまりこくつてゐる。

海牛はその美しさが話題になることも多いが、善麿は「海牛といふみにくき動物あり」と書く。踏みそうになり、思わず向き合った。が、話しにくい。下の句、句またがりの口語が、つぶやきのようだ。一九一五年五月下旬の十日間、善麿は休暇をとって伊豆大島にいた。「生活と芸術」六月号に「しばらく一人でゐたい。そしてしづかに勇気を養ひたい。」とある。同誌七月号巻頭に載せた久しぶりの短歌は句読点を用いた一行書き。突然、三行書きをやめた。「三行書きにしなくても新しいものに応じ得るリズムがある」と気づいたのだという。

『雑音の中』（一九一六）

かれは来てトルストイの事を語りて帰れり、
トルストイの事を思はずひさし。

散文的な作品だが、下の句のそっけなさが気になる。トルストイの死を、善麿は一九一〇年十一月末、読売新聞の編集室でロシアからの電報で知った。その後一九一三年一月、遺稿の「隠者フイヨドル・クジミチの遺文」の和訳を新聞に連載し、ほか四編の訳を加えて『隠遁』を出版したのがその六月。ほんの数年前のことだ。老齢のトルストイは家を抜け出し、出先の駅舎で死んだ。善麿は「あれほどの人でも自分の生活となると始末がつかなかったのか」と思ったと後に語っている。青年時代に大きな影響を受けたトルストイへの思いが、遠のいた。

『雑音の中』（一九一六）

しみじみと吸はるるごときあしのうら、この
朝の春の泥をわが踏む。

虚心坦懐に体の感覚を研ぎ澄ます。足の裏が泥に吸われるような感覚は、裸足のようにも読めるが、「浜離宮にて」とあり、そうとは限らない。美しい光景に心も体も解き放って、足の裏の感覚に集中しているようだ。『雑音の中』は、一九一六年六月号で「生活と芸術」を廃刊としたのを機に一区切りつけようとまとめた歌集。「ぼくの転向を示す」と後に位置付けている（『生活と芸術』の思出」）。「生活と芸術」に書いたのは翻訳や随想、詩が多く、短歌は比較的少ない。それでも、人生の区切りは歌集でつける。この方法は、生涯一貫していた。

『雑音の中』（一九一六）

このなかに逆まに身を投ぐるほどの大き悲しみをいまだ持たざる。

「大地獄遊覧」の一首。一九一七年八月、読売新聞の記者として善麿は画家の近藤浩一路と二週間ほど北海道旅行に出かけ、近藤の軽快なタッチの挿絵にあわせて連載記事を書いて送った。八月二十日の朝刊「北海道巡り㈧登別温泉にて」に「俗に地獄谷といふ噴火の跡そのまゝに大小幾百の穴から沸々と熱湯が湧いて、赤く黄色く青く肌もあらはな満山の硫黄のにほひは胸を圧するばかりである。この情景はすばらしい。」と書いている。圧倒的な自然の前に、自分の来し方の悲しみなどどれほどのものでもないと思えてきた。まだまだこれからだ。

『緑の地平』（一九一八）

もくもくたる黒き影どあを出でしが、やがて
くらやみに鐘ひびき渡る。

「トラピスト修道院滞在」全二十六首の中の一首。この鐘は、先ほど黙って出て行った人が撞いているのだ、と気づいた。生き方、働き方に悩んでいた善麿はここで働く人を見た。〈働くことの尊さ、炎天の修道院の麦ははや苅られたり。〉〈修道士がだまりて廻はす壺のなか、牛酪《バタ》はかたまり夕べとなりぬ。〉。そして、宗教的な感動にうち震えた。〈うすやみの礼拝堂のあかき燭《しょく》いつしかにじむ、涙にかあらむ。〉。「トラピスト修道院」と題する九月半ば全十回の新聞連載は近藤浩一路が書いた。文中に登場する同行のT氏は善麿。共に篤い接待を受けた。

『緑の地平』(一九一八)

道のうへに石はひろひつ、くるほしく何にむかひて投ぐべきを知らず。

029

「群集心理」八首の中の一首。一九一八年の米騒動。米の価格急騰への暴動が全国に広がった。東京でも日比谷公園での演説会に集まった人びとが警官と衝突、派出所や商業施設へ石を投げたり、火をつけたりの大騒ぎになった。やがて軍に鎮圧され、三百人近くが検挙された。善麿は、この夏、十年間勤務した読売新聞社を辞め、パン屋への転身を真剣に考えていた。ジャーナリストらしく群衆に心寄せつつ分析的に描いた作品と言えるが、前途に悩んでいる自らをも投影しているようだ。この後、哀果と名のるのをやめた。短歌もやめようと思った。

『緑の地平』（一九一八）

揺りくづれ焼かれはつるをひた前に大地のうへにひれ伏しにけり

一九二三年九月一日、関東大震災。混乱の中で湧いてくる言葉が百首余りの短歌となった。五年ぶりの短歌だった。「地上」と名付け、この時から本名の善麿を使うようになる。結局パン屋は断念し、その十月、朝日新聞社に入って再出発したところだった。この日は午後の出社だったらしい。徒歩で通勤していたら地面が揺れた。新聞社に着いても揺れは止まらず、善麿は心配のあまり抜け出した。家は焼けたが、家族は無事だった。幼い一男三女の父善麿は、家族の側を離れられなかった。心配で見に行った浅草の実家の寺も消えていた。

『緑の斜面』（一九二四）

うしろより声をもかけず殺したるその卑怯さ
を語りつぐべし

「地上」の中の「友の惨死」より。関東大震災の混乱の中、友人の大杉栄が、妻の野枝と幼い甥と共に憲兵に殺された。無政府主義者は危険だと、有無を言わさず連行し、背後から絞殺して井戸に遺棄したとされる。青年時代の知人、幸徳秋水につづき、親しかった大杉も。冷酷な仕打ちに憤りつつも、犯罪性を描きとった一首である。感情を爆発させるのではなく、本質を見定めて正面から批判するのが善麿の流儀と言える。混乱の中で、善麿は五年ぶりに短歌が「はじめて作るやうな怡ばしさと、あざやかさ（巻末に）」で溢れてくるのを感じていた。

『緑の斜面』（一九二四）

事あれと待ちたのしみしその事のこれにしも
あるかせむ術を知らず

「地上」の中の「悔」より。大事が起きたら力を発揮するのだと楽しみに待っていた、その大事はこれだったのか、〔実際には〕何もできなかった。『朝日新聞社史 大正・昭和戦前編』(一九九一)によると、大地震のあと、社会部長代理の善麿は、部下の福馬謙造に原稿集めを命じたが、福馬が相談しようと戻ったらいなかった。「途方に暮れた肉親の苦悩と、当然尽さなければならなかつた社会上の職責との間に立つて、僕は殆んど節制を失ひ、みづからの迷愚を憫まざるをえなかつた(巻末に)」という悔いと引き換えに、「地上」は生まれたのだった。

『緑の斜面』(一九二四)

おり立ちておんみも心養ひねみどりかがやく
この斜面なる

「郊外新居」より。「おんみ」は妻、タカのこと。妻への敬意と慈しみが印象的な一首だ。震災で焼け出されて避難した下目黒の空き地に、善麿一家は新しい家を構えた。ここに降り立って、あなたも〔震災で疲れ果てた〕心をお養いください、緑輝くこの斜面です。と、妻を招き入れたのは、林業試験場に近い緩やかな勾配のある土地で、当時は電気や水道もきていなかった。善麿はここから新たな一歩を踏みだすことを喜び、「村荘雑筆」「村荘風景」と題した随想や短歌を発信した。この歌集から本名の善麿に切り替え、句読点を使うのをやめた。

『緑の斜面』（一九二四）

HARU NO AKEBONO.

Haru Akebono no Usunemuri,

Makura ni kayou Tori no Koe,

Kaze maziri naru Yobe no Ame,

Hana tiriken ka Niwa mo seni.

034

孟浩然の「春暁」の日本語訳を日本式ローマ字で書いた。原文は「春眠不覚暁／処処聞啼鳥／夜来風雨声／花落知多少」。後に「春《はる》あけぼのの　うすねむり／まくらにかよう　鳥《とり》の声《こえ》／風《かぜ》まじりなる　夜《よ》べの雨《あめ》／花《はな》ちりけんか　庭《にわ》もせに（『新版　鶯の卵』）」と表記を改めた。「庭もせに」は「庭いっぱいに」の意。現在、高等学校用の複数の「国語」教科書が、漢詩のところでこれを紹介している。訓読と違って柔らかくリズミカルな日本語訳は今も新鮮さを失っていない。善麿の残した仕事は多いが、中でも漢詩の日本語訳は質量ともに他の追随を許さない。

『Uguisu no Tamago（鶯の卵）』
（一九二五）

闇深くざわめく杜の夜あらしにひかり間遠な
る蛍がひとつ

『空を仰ぐ』は既発表作品の選歌集だが、巻末に新作「村荘風景」がある。善麿は下目黒に移り住んで「三十余年の都会生活には、かつて味つたこともない豊かな情趣」を得、「到達すべき境地に到達した（「編纂小記」）」と感じた。夜は漆黒の闇となる「村荘」で、善麿は蛍ひとつの光に目を凝らしている。下目黒に移った一九二四年四月、雑誌「日光」が創刊された。北原白秋を中心に、前田夕暮、釈迢空らとともに善麿も参加、「村荘」からの短歌や随想は主として「日光」に発表した。善麿が「村荘」と呼ぶこの地域は、今日では高級住宅街である。

『空を仰ぐ』（一九二五）

風ひたと地に落ちたりと思ふまやいよいよ澄
めり紙鳶《たこ》の高さは

「村荘風景」の中に「紙鳶揚《たこあげ》」十二首がある。周囲に子どもがいるようだが、〈朝空にのぼり極まる紙鳶のかげ涯《はて》しもなしやこの寂しさは〉を含む一連には、自らの境涯を紙鳶《たこ》に重ねるような感慨がこもる。掲出歌の直前が〈右に傾きひだりにかしぎのぼりつつ今はうごかぬわが紙鳶ひとつ〉。風と糸に操られながら、右に傾いたり左にかしいだりしつつも風にのって中空高くのぼりきったら動かない。続くこの歌はふと風がやんだ瞬間、紙鳶が中空に動かない様子を、「いよいよ澄めり」と見た。澄んだのは、善麿の心でもあっただろう。

『空を仰ぐ』（一九二五）

身は軽くよこ木を越えて宙に浮くこの一瞬や
もの思ひなし

（スペアロ選手）

明治神宮外苑競技場は一九二四年十月に竣工。十月三十日から十一月三日にかけて、第一回明治神宮競技大会(内務省主催)が行われた。バスケット、テニス、陸上ほか場所を変えてのボートレースや馬術も含まれ十五種目の催しである。善麿は真新しい競技場で陸上競技を観戦したようだ。善麿はたびたびスポーツを詠む。選手たちの極まった動きと心を短歌に詠みとめようとする意気込みが感じられる。掲出歌は走り高跳び、写真のような一首。槍投げを詠んだ〈渾身のちからに投げし槍のひかり消えつとみればなほも飛びゐる〉は動画のようだ。

『空を仰ぐ』(一九二五)

熱ひくき朝のひとみにほのかなるさくら草の
花を近づけさせつ

一九二六年の「日光」三月号の百三十余首の連作「病床雑詠」より。前年十二月二十五日の夜発熱、チフスと診断され一月五日から二月三日まで入院した芝白金の伝染病研究所付属病院で詠み、見舞いに来た妻に書きとらせた、とはじめに説明されている。掲出歌、朝だけは熱が下がり少し楽になる目の前に、さくら草の花を近づけてくれと〔妻に〕言って見せてもらう、という一首だが、力なく横たわっている様子がありありと伝わる。〈ふるへつつ小走りにゆくけはひなりいかにさむけき夜ふけの廊下〉と夜、病院で働く人を思いやる作品もある。

『初夏作品』（一九二八）

つぶら眼の首振り人形真夜中にひとりゐみし
て首ふらず居り

同じ「病床雑詠」より。誰かが善意で病室に置いた首振り人形だろうが、真夜中に見ると怖い。暗闇につぶらな目を開いたまま微動だにせず一人で微笑んでいる。入院の夜の不安を言い得て妙である。右隣室の少女も左隣室の少年も死んでいった。文字通り死と隣り合わせの毎日だった。短歌は短く困難な状況でも作りやすい。善麿にとって滅多とない闘病生活、想像のつかない状況に立たされたとき自分の心は何を思い、どんな歌を生み出すのか。〈またたれかここに苦しむ寝台《しんだい》をしづかに下《お》りてけふ退院す〉と無事に退院するまで、善麿は詠み切った。

『初夏作品』(一九二八)

おほぞらを涯しもあらずながれつつここにき
こゆる遠き声なり

040

「ラヂオ」より。日本の最初のラジオ放送は一九二五年三月二十二日朝九時半。この歌は、そのころの作品だろう。ラジオの本放送は七月に始まり、一九五三年二月にテレビ放送が始まるまで貴重な情報源で娯楽でもあった。新聞社勤務の善麿は新しい情報の中に身を置いていた。飛行機しかり、新しい文明の利器に接すると積極的に短歌に詠んだ。遠くにいる人の声が大空を流れてこのラジオから聞こえて来る。何と不思議なことだろう。〈眼つぶりてひた聞き澄ます声遠み絶えしと思へなほやいふらし〉とあるのを見ると、相当聞きづらかったようだ。

『初夏作品』（一九二八）

大鐘のまひるのひびき松にこもりさくらにこもりひろがりゆく

随筆集『柚子の種』（一九二九）に収められた「陽春天平賦」の一首。奈良散策の一連である。掲出歌のリズムは五・七・六・七・六で、定型短歌のスタイルで始まって、少しほどけて、また収まり、結句は字足らずでふわっと広がるような余韻を残す。リズムの緩急と内容が絶妙に調和している。「農場の一部」の〈場長のなが靴のおと朝露を踏んでゆくかなたに学校の鐘〉も上の句は定型に沿い、下の句で定型から放たれてゆくさまが心地よく、遠くから鐘の音がきこえてくるようである。囚われのない心で、なだらかに自由律に歩みよっている。

随筆集『柚子の種』（一九二九）
「昭和二年以後」より

講堂一杯段層をつくる顔の快き弾力に対ひて
わが声を放つ

同じく『柚子の種』所収の「壇上」より。意味で区切るなら、八・十一・十四・八。全体で四十一拍の自由律短歌である。満席の階段教室の人びとが一斉に前を向くのに向かって話をする現場の空気や話し手の気分が伝わる。「顔の弾力」は、人の肉体ひいては命の存在感を感じさせ、それを「快き弾力」と感じて「声を放つ」話し手の気分は明るい。一九二九年四月に、欧米巡りの紀行文『外遊心境』と世界各地の事情に及ぶ恐るべき視野の広さで〈文芸〉を論じる『文芸の話』を立て続けに出した善麿には、大勢の前で話す機会が増えたようだ。

随筆集『柚子の種』（一九二九）
「昭和三年以後」より

いきなり窓へ太陽が飛び込む、銀翼の左から
下から右から

一九二九年十一月二十八日。善麿の企画で歌人四人が朝日新聞社の小型飛行機に搭乗した。人が大空を飛行するという驚くべき事態が短歌に何をもたらすか、という実験だった。結果、善麿と夕暮は自由律短歌に挑み、即詠が文語定型だった斎藤茂吉、吉植庄亮も後日、自由律を試みる。新時代の経験は文語定型のリズムに収まらないことを印象付けた短歌史上の事件であった。「昭和三年以後」で自由律短歌を試した善麿には、勝算があったのだ。この歌、上の句のインパクト、下の句で左、下、右の順に、目をからだごと動かす様子に臨場感がある。

『土岐善麿新歌集作品1』（一九三三）

あなたをこの時代に生かしたいためばかりな
のだ、あなたを痛痛しく攻めてゐるのは

四十八歳で出した『土岐善麿新歌集作品1』は、自由律で、冒頭の「短歌に寄せる」は衝撃的である。短歌を「あなた」と擬人化した生々しい作品を含む煩悶の十七首が並んでいる。「痛痛しく攻め」るのは定型を壊すことを指すだろう。短歌なんかやめようと何度も思ったが、未練が残って捨てられない。そんな気持ちを〈思ひ切つて別れてしまへばいいことは知つてゐる、あなたはもう僕に未練があるまい〉〈僕が今求めてゐるもの、それはただひとつ、僕のリズムをリズムとするものを〉と詠んだ。結局、善麿と短歌は最後までいっしょだった。

『土岐善麿新歌集作品1』（一九三三）

ゆくべきところに落ちた瞬間、はたりと球は
とまる緑の一点

葛藤の末に得られた自由律は、この歌集に新境地を開いた。掲出歌はスポーツ詠の一連よりゴルフを詠んだ作品。直前の〈遥かに緑をかすめて飛ぶ球のうねりがからだに響いてくる〉と続けて読むと、観戦者ではなく、ゴルフ場に立ってクラブを振るう当事者の立場に読者も身を重ねることになる。「ゆくべきところに落ちた」というと、球の方向は悪くなかったようだが、はたりととまった緑の一点は、ホールに入ったわけではなさそうだ。走っていこう。ほどよい緊張感を残すショートムービーのような佳品である。末尾の「一点」という響きが潔い。

『土岐善麿新歌集作品1』（一九三三）

そっと寄りそつて腋のしたへ無言のピストル
をさし向けさうな男の間を通る

『土岐善麿新歌集作品1』には八十六首の海外詠がある。一九二七年に朝日新聞の特派員として欧米を巡ったとき、「土岐さんが外国に行ったらきっと面白い歌ができる」と言われたにもかかわらず定型短歌になじまないと思えて作らず、アサヒグラフに寄せた紀行文を『外遊心境』にまとめたきりだった。数年を経て自由律に可能性を見出して作ったのがこの一連で、掲出歌は「ニューヨーク風景」より。とくに何かが起きたわけではないが、ニューヨークの物騒な雑踏を歩く緊張感をよく伝えている。自由律が躍動する海外詠には佳品が多い。

『土岐善麿新歌集作品1』
（一九三三）

朝の落葉よ、霜夜の風に身も心もちぢめなが
ら朝をまつてゐた落葉

一九三七年の随筆集『紫煙身辺記』の「冬」より。一連には、厳しい冬を耐える植物を詠む作品が目立つ。次の『新歌集作品2　近詠』（一九三八）の扉に、『新歌集作品1』の後二、三年は「殆ど作品を得ず」、一九三六年冬より再開したとあるからこのころの作品だろう。『朝日新聞社史　大正・昭和戦前期』には一九三六年の二・二六事件後の戒厳令に際して、善麿が〈物言はぬ新聞あはれ社説には外国のこと書きて済ませり〉と詠み同僚の共感を呼んだとある。身も心も縮めて朝を待っていたのは善麿自身ではなかったか。憂鬱な時代が来ていた。

『紫煙身辺記』（一九三七）

はじめより憂鬱なる時代に生きたりしかば然
かも感ぜずといふ人のわれよりも若き

一九三八年、『土岐善麿新歌集作品2　近詠』の冒頭「時代」の一首。二・二六事件の後、朝日新聞社の同世代の同僚と憂鬱な時代になったと嘆いていたら、若い社員が、特にそうは思わない、最初からこんな感じだから、と言った。その時に感じた世代の断絶と、良かった頃を知らない若者への悲しみを、五・十・七・十三・八の短歌にした。四十拍を超えるが、短歌のリズムで読む。結句の「も」をぬかして転記されることがあるが、そうして七拍に整えると、前の四句の重みを受け止めきれないから、「も」は必要なのだと善麿は後に説明している。

『土岐善麿新歌集作品2
近詠』（一九三八）

経読むを兄のいとふに朝の声高らかにあげて
われは経読みき

049

一九三七年七月、六十一歳で亡くなった九歳上の兄、静《しずまる》への挽歌「兄逝く」より。父亡きあと、長男として寺を継いだものの、趣味も家庭もままならなかった兄の早すぎる死は、善麿にとって辛いものだった。少年時代、寺を継ぐことが決まっていた兄が嫌がる経を、幼い善麿は高らかに読んで、父をはじめ周囲から褒められた。そして早々に寺を離れ、西洋文化に夢中になったりしたのだ。『新歌集作品2　近詠』は、掌に収まる「豆本」で、「アララギ」をはじめとする結社を通して大陸の出征歌人に届けられた。軍事郵便で、礼状が届いた。

『土岐善麿新歌集作品2
近詠』（一九三八）

新萬葉の審査のあひだ北支より中支にわたりてわが軍勝ちたり

『新萬葉集』（改造社）は「宮廷編」を含めて全十一巻、瞠目すべき一大詞華集である。善麿は佐佐木信綱、窪田空穂ら十人の審査員の一人だった。公募の締切は五月末日。支那事変（日中戦争）は直後の七月初めに始まるから、約四十万首からの選定は戦争の進展と並行して行われた。銃後を守る善麿は心を込めて審査に取り組み、さらに自ら理事を務める大日本歌人協会で『支那事変歌集　戦地篇』（一九三八年十二月）『紀元二千六百年奉祝記念歌集』、（一九四〇年二月）、『支那事変歌集　銃後篇』（一九四一年十月）と次々に国民的詞華集を編んだ。

『土岐善麿新歌集作品2　近詠』（一九三八）

われらには知らされ難き真実か知り難きかと
嘆きて語る

一九四〇年、五十五歳での朝日新聞社定年退職記念に作られた『六月』は、大判、箱入りの立派な作りである。掲出歌は、冒頭の「対話」より。情報が集まるはずの新聞社にいて、わからないことが多すぎた。真実は知らされにくいのか、知ることはできないのかと同僚と嘆いている。六月八日、誕生日祝いをかねた出版記念会に七十九人が集まった。なごやかな会だった。ところが、その秋、後に「大日本歌人協会事件」と呼ばれる事件が起きる。『六月』が時局批判だとやり玉にあげられ、善麿が常任理事であった大日本歌人協会は解散するのである。

『六月』（一九四〇）

遺棄死体数百《すうひやく》といひ数千《すうせん》といふいのちをふ
たつもちしものなし

時局批判だと攻撃された筆頭がこの歌だった。「実証」の一連には知り難い真実を知ろうと努める新聞社員の苦しみがある。善麿は危険など全く考えずに作ったという。新聞社に届く情報が死者の数を数百とか数千とかはっきりしないことに苛立ち、その気持ちを素直に詠んだまでであった。命の数を粗末にするな、と言いたくなる気持ちの底に、健康なヒューマニズムがある。それが、糾弾される世の中になっていた。大日本歌人協会を解散したあと、善麿は、時局迎合の熱を上げる歌壇から距離をおき、定年退職後の「書斎生活」に入ったのだった。

『六月』（一九四〇）

須臾《しゅゆ》にして鈴谷《すずや》平原《へいげん》を快走す雲も颪も山も草も樺太

一九三九年、善麿は樺太の敷香《しすか》で夏期大学講師を務めるのを契機に七月末から十二日間樺太を巡遊し、その大自然の前に束の間、リフレッシュできたようである。『六月』に七十八首。『斜面の憂鬱』（一九四〇）には六十四ページの紀行文がある。北の大地の広がる鈴谷平原を、現地の人の親切な車で走り抜けた。リズムに注目したい。上の句は五・八・五。第二句が字余り、七拍のところにちょっと急いではめ込むと「快走す」の快走が加速するようだ。下の句は、**タ**タタ・**タ**タタ・**タ**タタ・**タ**タタ・**タ**ン**タ**ン、とリズムを付けて読むと爽快だ。

『六月』（一九四〇）

撃てと宣らす大詔《おおみことのり》下《くだ》るただちにあげにあげあげにあげたるこのかちどきや

『周辺』冒頭の一首。歌壇から距離をおいて「書斎生活」に入った善麿だが、一九四二年一月号の「短歌研究」の特集「宣戦の詔勅を拝して」には「敵性撃滅」五首を寄せた。一首目に〈撃てと宣らす大詔遂に下れり撃ちてしやまむ海に陸に空に〉とある。これを推敲して掲出歌の形に落ち着いたようだ。九歳の年に始まった日清戦争、それから十年おきに日露戦争、第一次大戦と善麿は青少年期に戦争を経験してきた。勝つたびに自尊心をくすぐられた。開戦の詔勅は、大半の日本人が支持して喜んだ。善麿がその一人であって不思議はない。

『周辺』（一九四二）

庭の梅ささきたりと艦上へのたよりの中に
ひと花封ず

善麿は一男三女の父。長男が大学卒業後、海軍に入隊し、軍艦に乗っていた。息子への手紙に、今朝咲いた梅の花を一輪封入した、という。梅は縁起がよいとされ、香りもいい。〈わが子にもますら武雄のひとり児のありとしおもへば事のゆたけさ〉と、息子が海軍で身を挺していることを誇らしく思う善麿は、勝ってこいと念じたことだろう。『周辺』は開戦前後の作品から「生を皇国に享け、光栄ある機運に際会したものとしての、無限の感謝を記念し」てまとめたと「後記」にある。後に「時局におしつぶされたようなもの」と振り返る所以である。

『周辺』(一九四二)

夢殿のきざはしくだり歩むとき初夏のひかり
はみどりを湛《ひた》す

「書斎生活」に入った戦争中、善麿は田安宗武の研究に没頭したが、もう一つ力を入れたのが新作能である。善麿が詞章を書き、喜多流能楽師、喜多実が能に仕上げる。最初の作品が、一九三九年秋の「夢殿」で、シテは聖徳太子である。翌一九四〇年五月、法隆寺の夢殿の秘仏の前で素謡を奉献した。浄土真宗の寺で育った善麿にとって大きな喜びだった。「夢殿」六十首は感極まる一連である。掲出歌は、奉献を終え夢殿を出て、五月の陽を浴びて緑萌えたつ境内へと階段を降りてゆくさまを詠んでいる。恵みの光に身も心も輝くような充実感がある。

『周辺』(一九四二)

脱穀機おとけたたましく麦つぶのはねかへる
中に汗ふきあへぬ

一九四五年五月の東京大空襲で再び家を焼かれた善麿一家は、埼玉県・三俣村（現：加須市）の農家に疎開した。戦後間もない一九四五年十一月に刊行された『秋晴』には疎開生活とその地で迎えた敗戦が描かれている。掲出歌は、麦を脱穀機にかけている場面。大きな音をたてて機械が働き、麦粒が跳ね返る。拭いても拭いても汗が出る。臨場感があり、初めてかと思われる農作業が、本職と見まがうほど馴染んで見える。新しい農作業の体験を短歌に表現しようと意識的に取り組んだに違いない。農作業は戦争に勝とうが負けようが続けるべき営みだった。

『秋晴』（一九四五）

いかに戦ひいかに勝ちいかに敗れしか慄然と
してはじめて知りぬ

玉音放送を疎開先で聞き〈おほみこころ常に平和の上にあらせたまへり粛然として干戈《かんか》を収む〉と詠んだ時、「粛然」と静かに受け止めた善麿だが、続く一連に掲出歌がある。戦後まもなく善麿は敗戦の経緯を調べたのだ。〈満洲事変支那事変より大東亜戦争にいたる歴史をまづ正しく誌せ〉と今日に言う「十五年戦争」の流れを見つめている。やがて、〈国こぞり戦ひつぎしいくとせのわれの日夜は悔なかりしや〉と自らの戦時中の言動への疑問が押し寄せてくる。混乱の中愕然としつつ理性をもって敗戦の前後の思いを克明に描いた意義は大きい。

『秋晴』（一九四五）

人間と大地の闘争のやみしときただよひそむ
るゆふぐれの鐘

『秋晴』の終わりに「ミレー」と題する連作がある。詞書によると、善麿はロマン・ロランのミレー伝を読み返し、静かに想像をめぐらした。戦後間もない十月には下目黒に戻り、焼跡にバラックを建てて暮らし始めた。蔵書をすべて焼失した善麿に、誰か貸す人があったのだろう。あの有名な絵画、「晩鐘」で夕日の前に頭《こうべ》を垂れて祈る人の姿を思い出し、共に祈りを捧げたい気持ちになったようだ。戦争を「人間と大地の闘争」と、思い切り抽象的に表現した。大きな喪失感の中で善麿は文化・芸術に救いを求め、感受性を取り戻そうとしている。

『秋晴』（一九四五）

鉄かぶと鍋に鋳直したく粥のふつふつ湧ける
朝のしづけさ

焼跡の仮小屋での暮らしは、爪に火を灯すようなものだった。何しろ家財の一切を失ったのだから、鉄かぶとを鍋に加工し、火をおこしてわずかな米で家族みんなの粥を煮る。〈靴のおと枕にちかくひびかせて霜凍る夜を人ゆき通ふ〉と続く一連を読むと、寒い霜の夜を、ほとんど外で寝ているようなものである。空襲のない空は平和だが、貧しさは人の心を荒ませる。省線電車に乗ると、あらっぽい声が聞こえ、コートのボタンがもぎ取られる。〈横あひより列にわけ入り乗車券買ひゆきし女をいつまでも憎む〉など、青年歌人哀果の不機嫌が顔を出す。

『夏草』（一九四六）

あなたは勝つものとおもつてゐましたかと老
いたる妻のさびしげにいふ

戦争が終わって、善麿は「短歌研究」に戻って来た。一九四六年一月号で「敗戦と短歌の諸問題」を語り、二月号の巻頭に作品を寄せた。掲出歌はその一首目。上の句は、話し言葉のままの自由律、下の句は定型できゅっと収めている。うなだれた善麿は〈子らみたり召されて征きしたたかひを敗れよとしも祈るべかりしか〉とつぶやいた。やがて、悔悟の念に苛まれる。〈ただ一途にたたかはざるべからざりし若きいのちよ皆よみがへれ〉。この号の「消息」欄に「土岐善麿氏、下目黒罹災地の仮建築竣工し移居」とある。焼跡からの再出発だった。

『夏草』(一九四六)

国破れて民かくあるをうべなへど街にいでゆ
けばあまりに苦し

戦争中、善麿が「書斎生活」をしていたころ、特高に検挙された「生活派」の渡辺順三らが、一九四六年二月「人民短歌」を創刊した。戦争責任を免れた善麿は、これに賛助会員として参加、意欲的に短歌や文章を発表した。公的な仕事も増えた。文部省ローマ字教育協議会議長に就任。一九四六年十一月三日の日本国憲法公布記念の国民歌「われらの日本」の詞も書いた。善麿はこの歌のことを語らない。或いは敗戦を思い知らされる「苦い」経験だったのかもしれない。『夏草』（一九四六）は草稿二三二首のうち一四首がGHQの指示で削除された。

『夏草』（一九四六）

みづからが書きたるものを読みかへすいとま
もなくて身を過ちぬ

善麿は多作である。巻末の「解説」に、その著作を〈短歌〉〈漢詩〉〈能楽〉〈ローマ字普及〉〈研究・評伝〉等に分類して並べてみたのだが、単著だけ（単独の編著を含む。再刊を含めず）で約一五〇冊になった。平均すればば毎年、ほぼ二冊のペースである。求めに応じて方々の雑誌に書き、新聞社の仕事として記事や論説も毎日のように書いた。読み返す暇がなかったのは無理もない。しかし、そのために間違えたのだと善麿は反省する。反省のことばも歌にする。〈わが歌を愧ぢずおそれずあらしめよ世にありてわれはかくのごとしと〉と詠んでいる。

『冬凪』（一九四七）

肩越しに見てこそ過ぐれさてほしきものもな
けれど春帽子ひとつ

肩越しに商店街の店先を見て過ぎたのだろう。下の句「そうだな、欲しい物もないけれど、しいて言うなら春の帽子がひとつあれば」とお洒落の小道具を欲する気分に遊び心がある。これを、還暦過ぎて焼け出された善磨が、焼跡の町で詠んだのだ。大震災と戦災で、善磨は二度まで大切な本や家財を失った。この歌を含む連作「或問」には〈火鉢ひとつわがあしもとにあるばかりのこれるものと語りあかなく〉がある。おそらく、この火鉢は、前年の『夏草』で〈仮小屋の霜やいかにと乳母ぐるまに載せ来てくれぬ大き火鉢を〉と詠まれたものだろう。

『冬凪』（一九四七）

ことしまた桜はさくにふたつなきいのちくる
ほしく死なしめにけり

戦争で約三百万人の日本人が命を失った。多くは軍人で、遠い戦地で死んでいった。善磨の家族では、結婚後間もない三女ミナ子の夫がついに帰ってこなかった。力づけて送り出した銃後の一人として、善磨は打ちひしがれる。戦争中、日本兵の命はしばしば桜の花にたとえられた。戦争中に流行した「同期の桜」の歌詞には、「咲いた花なら散るのは覚悟／みごと散りましょ国のため」とあり、日本兵らが大きな声で歌っていた。思い出すのもつらかった。百歩譲って散り際が似ていたとしても、桜は次の春に再び咲き、人は二度と戻ってこないのだ。

『春野』（一九四九）

上野の杜わか葉あかるし授賞式にわれは少年
のごとく来りぬ

一九四七年五月、善麿は戦中戦後に刊行した『田安宗武』全四冊によって、帝国学士院賞を受賞した。戦争中、田安宗武研究に没入したのは、積極的な理由によるとも言い切れず、善麿に欲はなかった。それだけに、高い評価を受けたとき、還暦を過ぎた善麿は少年のように手放しで喜んだのである。図らずも戦後早期の四歌集に四季の名がついた。善麿は『春野』の「はしがき」に「昏迷の秋から、期待の夏へ、反省の冬から、希望の春へ」と、戦争直後の気持ちの流れを総括した。『春野』の希望は、学究への新たな第一歩を踏み出したことだった。

『春野』(一九四九)

初日さす窓にまづとるわがペンは書きのこさむとする晩年記

一九四八年六月に雑誌「余情」が「土岐善麿研究」を組んだ。総勢二十三名が、それぞれの角度から善麿を論じ、巻末に年譜をつけた。同年九月には、善麿は初期から戦争中にかけての十五歌集を一冊にした『歌集』を刊行した。同い年の友人、啄木は二十六、牧水は四十三、白秋が五十七で亡くなっていた。次はいよいよ自分だろうか。掲出歌にはこのころの善麿の晩年意識がうかがえる。しかし、翌年、対のように出た『歌話』（二月）は違う。これまで書いた歌論について「これらをもつと研究的に発展（後記）」させたいと意欲的である。

『遠隣集』（一九五一）

春の夜のともしび消してねむるときひとりの
名をば母に告げたり

雑誌「余情」の「土岐善麿研究」が出たとき、善麿は六十三歳だった。戦争を生き抜いた感慨をもって、自伝的連作「世代回顧」三十首を巻頭に寄せた。妻、タカの名を母に初めて告げた夜の思い出。四十年前を振り返った作品と思えない瑞々しさである。恋愛結婚だった。学生時代、頼まれて女学校の催しを手伝いにいったときに出会い、二年ほどつきあって機が熟したのだった。善麿には〈女といふをんなのなかに、われの妻、われの鷹子にまさるものなし。〉（『雑音の中』）という手放しの作品もある。人生の大事な岐路には、妻の助言があった。

『遠隣集』（一九五一）

げにわれや花の精ともなりぬべし無我一念の
こおもての中

一九四〇年代から五〇年代にかけて、善麿は新作能をたてつづけに書く傍ら、稽古にも熱心で、舞台で能を舞うことがあった。小面《こおもて》は若い女性の面。水道橋能楽堂で「羽衣」を舞ったとき、善麿は鏡の間（舞台脇控えの間）で、「羽衣」のシテの天女になろうと、華麗な装束をつけ天冠を頂き、いよいよ小面を「つけるとかいうよりも、その面の中へ、こちらのからだ全体を、たましい諸共におし込める」（『摂取の能面』）、すると身は摂取されて「象徴的な存在」となると書いた。自分は無と消え、清らな花の精になる。何とも言えない至福の境地である。

『遠隣集』（一九五一）

老講師迎ふる顔のそろへるはやがて春待つこ
ころなるべし

新学期の明るい期待の弾むような一首である。一九四七年四月から、善麿は早稲田大学の文学部と大学院で上代文学を講ずることになった。教室に入ると、学生たちが一斉に顔を向けて待っている。「老講師」を待ちつつ、やがてやってくる人生の春をも待っているのだ、と善麿は学生たちの前途を祝している。〈優秀なる卒業論文の追記をみればあゝかつて特攻隊に加はりき〉という作品もある時代だけに、目の前の若者の前途の春を願う思いには切実なものがあった。翌年秋からは、京都の大谷大学でも年に三十時間の講義を担当することになる。

『遠隣集』(一九五一)

帰り来て書斎の窓をひらくとき若葉の風のに
はかに涼し

責任ある役職が増えた。一九四七年、第一次「国語審議会」委員に加わり、一九四九年十一月から改組「国語審議会」会長を十一年間務めて戦後の国語改革をまとめる。一九五〇年には文部省の教科用図書検定調査会長、翌年には都立日比谷図書館長となり、三角の新図書館をデザインしたりもした。善麿はどれも真剣に取り組んだ。この歌、仕事から帰って息をつき、自宅の書斎の窓を開ける。下の句の描写が鮮やかで、涼しい緑の風が吹いてくるようだ。歌集『早稲田抄』は七十歳で早稲田大学と日比谷図書館を退職する記念に作った小さな歌集である。

『早稲田抄』（一九五五）

静けき夜の思い

床《とこ》にさす　月《つき》かげ
うたがいぬ　霜《しも》かと
仰《あお》ぎては　山《やま》の月《つき》を見《み》
うなだれては　おもうふるさと

漢詩の日本語訳は善麿が青年時代から晩年まで息長く取り組んだ短歌に次ぐライフワークである。日本式ローマ字版『Uguisu no Tamago』（一九二五）以来、改造文庫版、新装版と版を重ね、大幅に増補改訂した漢字仮名交じり表記、総ルビの春秋社版『新版　鶯の卵』（一九五六）が最終決定版である。没後、筑摩叢書に加えられた。とりあげたのは李白の「静夜思」、「牀前看月光／疑是地上霜／挙頭望山月／低頭思故郷」の日本語訳。拍数は五・四／五・四／五・七／六・七。リズムを保ちつつ、数が増えてゆく。深まる思いに引き込まれる。

『新版　鶯の卵』（一九五六）

そぞろごと

きさらぎ去《さ》れば　やよいなり
老《お》いていくたび　逢《あ》う春《はる》ぞ
ただ身《み》ひとつを　おもいつつ
いのちのかぎり　酒《さけ》くまん

『新版　鶯の卵』からもう一つ、杜甫の「絶句漫興」「二月已破三月来／漸老逢春能幾回／莫思身外無窮事／且尽生前有限盃」の訳を挙げる。漢字を抑えた総ルビは、すぐに音読したくなる。こちらは端整な七五調。やさしい日本語が心に沁みる。一九五四年二月より、善磨の自宅で月例の「杜甫を読む会」が始まった。嵯峨《さが》寛《ひろし》ら有志が集まって読み解いては、善磨が日本語訳を進める。成果は『新訳杜甫詩選』全四冊（一九五五〜一九六一）となり、やがて、集大成の多色刷りの口絵地図付き四一〇ページの大作『新訳杜甫』（一九七〇）が生まれる。

『新版　鶯の卵』（一九五六）

大氷雨《おおひさめ》　ふりしとまでは　おぼゆれど　しみづつめたく頬《ほほ》にふれたり

『短歌研究』一九五七年四月号「倭建《やまとたけ》抄」の終盤に近い一首。善麿は一九五五年八月号の「大長谷《おおはつせ》抄」（雄略天皇）、翌年三月号に「大海人《おおあま》抄」（天武天皇）と、古代人に成り代わって物語る連作を続けて発表し、物議を醸す。善麿は「叙事詩的抒情」と呼んだ。三作目の「倭建抄」は、日本武尊《やまとたけるのみこと》の物語。命《みこと》が伊服岐《いぶき》山に神を探しにいったとき、神の化身の白い猪に遭遇したがそれと見抜けずやり過ごしたところ、山中でひどい霙に打たれ、昏倒した。その身になって詠んだ作品である。

『歴史の中の生活者』（一九五八）

ゆくりなく能の定家《ていか》を舞ひながらわれもしぐ
れの世にふりにけり

能の稽古に因む「けいこ」より。能の「定家」では、時雨《しぐれ》に降られた僧（ワキ）を式子内親王の亡霊である里女（前シテ）が定家の建てた「時雨の亭《ちん》」に案内する。そして定家の〈偽りのなき世なりけり神無月　誰《た》が誠よりしぐれそめけん（偽りのない世だったのだ、神無月には誰の真心の現れか、忘れずしぐれが降る。）〉を紹介し、感慨にふける。善麿のこの歌はこの場面に身を重ね、「思いがけなく能の定家を舞いながら、わたしも時雨の〈偽りなく降る〉世に年を重ねてきました」と舞姿の見えるような調べに肯定的な人生観をにじませている。

『歴史の中の生活者』（一九五八）

きらきらし身うちのひかり　衣《みぞ》を透《す》き　われ
をつつむか　かをるばかりに

「叙事詩的抒情」シリーズの続きで、「相聞抄」は木梨《きなし》の軽《かる》の太子《みこ》と軽の大郎女《おおいらつめ》の悲恋を太子の立場から描いている。この歌は、全三十四首の最初の一首。軽の大郎女は「衣通姫《そとおりひめ》」とも呼ばれる。あまりに美しいその身の発する光が衣を通って外に現れるというのである。同母妹だというのに愛してしまった太子の狂おしい抒情。「きらきら輝くあなたの身のうちの光が、衣を透き通って私をつつむのでしょうか、香りたつほどに」とくらくらしている。禁断の恋に身を焼く太子に、古希を過ぎた善麿は照れることなく、成りきっている。

『相聞抄』（一九五九）

わが鼻を小《ちい》さき指につまむもの天上天下この
孫ばかり

私の鼻を小さい指でつまむのはこの宇宙にこの孫ひとり。随筆に、四歳の孫〔康二氏〕が、寝ている善麿の鼻をつまむのを毎朝の楽しい日課にしているようだとある（『斜面方丈記』「春眠」）。下の句の「天上天下」から、生まれてすぐに天と地を指して「天上天下唯我独尊」と言った幼い釈迦の姿が「孫」に重なり、この世にこれほど尊いものはないと思う善磨の思いが引き出される。「叙事詩的抒情」の歌集後半には、こうした日常生活詠もある。生活の歌の提唱者、善磨は、「叙事詩的抒情」を歴史上の人物の生活を追体験して詠む方法だと考えた。

『相聞抄』（一九五九）

みささぎの樹樹のしづくは　昼も夜も落ちつ
ぎぬべし　聞く人なしに

「叙事詩的抒情」シリーズ、「額田抄」では額田王に成り切っている。壬申の乱の後、天智天皇の陵《みささぎ》を前に、晩年を迎えた額田王が、追憶を語るという構成である。この歌は最初の一首。天智天皇の陵の樹々のしずくに濡れている。しずくは昼も夜も落ち続けるだろう、聞く人もなく、と佇んでいるようだ。全四十六首のあとの「ノート」には、この作品は素性が不明で、「額田王じしんのものでないにしても、その身辺、ないし心境に同情したものが、あるいは彼女に代わって」作ったのではなかろうか、と、読者を煙に巻いて楽しんでいる。

『額田抄』（一九六〇）

極楽はここにこそあらめ　みほとけのやまと

すわりのもろひざの上

「大原三千院即事」の一首。「みほとけ」は、国宝阿弥陀三尊の阿弥陀如来の左右に控える観音菩薩と勢至菩薩。やや前かがみに正座の膝を開いた姿勢が「大和坐り」で、両膝の上に乗れそうだ。善麿はこの菩薩像の肉感的な魅力に圧倒された。一連に〈ふくよかに抱かれし日も過ぎにけり　うすべにたもつ石南花の雨〉がある。温かく抱かれた昔日を思い出し、この美しい菩薩の膝の上は極楽だと、陶然と夢想している。京都大谷大学に毎年通った善麿は、その折々に京都の歌を詠んだ。寺に生まれ育った善麿にとって京都はなつかしい土地であった。

『額田抄』（一九六〇）

花柳《かりゅう》更に私《わたくし》なしや　遠く来て　われもきく

草堂のゆく春の雨

（記念帖即事）

一九六〇年三月末からひと月余り、七十四歳の善麿は、中国文字改革視察日本学術代表団団長として中国を訪ねた。善麿の杜甫研究は現地で喜ばれ、成都の杜甫草堂へ案内してもらうことができた。国交のない中国の杜甫草堂を歩けるとは、夢にも思っていなかった。去り際に差し出された記念帖に、咄嗟に書いたのがこの歌である。初句の「花柳更《かりゅうさら》に私《わたくし》なしや」は、五言律詩「後遊」の第四句「花柳更無私」、善麿の訳では「花《はな》　柳《やなぎ》　賞《め》ずるにまかす」、花、柳に私心はなく、あるがままに美しい。この『四月抄』から新仮名遣いに切り替えた。

『四月抄』（一九六三）

啄木を愛するものよ　健康者となりて新しく
その道をゆけ

一九六一年「短歌」四月号は「五十年忌記念特集　啄木とその時代」を組み、巻頭に善麿による啄木追懐五十首「五十年の後」を掲げた。掲出歌はその中の一首。「短歌」一九六六年十月号の対談で、岩城之徳に啄木を愛する若い人にメッセージをと乞われて、善麿はこの歌を挙げた。啄木の思想から時代的な限界のあるものを捨て、発展させる意味のあることを継承することが大事だが、そのためには「よほど健康で、次の時代をになう責任と能力と体力をもたなければならない」という思いを込め、「諸君、たのむよ」という気持ちだと語っている。

『四月抄』（一九六三）

落葉掃きて立ち待つ門の風晴れたり　何に遅
るる遠来の客

一九六一年十二月十四日、善麿は、来日中の中国文化友好代表団団長、楚図南を自宅に迎えた。青空の下、きれいに掃いた門の前に出迎えて待っている善麿のたたずまいが目に見えるような一首である。遠来の客は、少し遅れてきたようだ。善麿はこのあと、一九六四年の秋に中国の建国十五周年国慶節祝典に列席する日中文化交流協会代表団団長として、そして一九七三年春に日中国交正常化後最初の訪中団「日本文化界代表団」団長として、生涯に三度、中国を訪れた。少年期より身についていた漢詩漢文の素養が、中国の文人との交流に役立った。

『四月抄』(一九六三)

新作能「鑑真和上」上演の若葉さす日まで
死なしむなかれ

鑑真の円寂千二百年記念に当たる一九六三年の六月五日、善麿の書いた新作能「鑑真和上」の唐招提寺での奉献公演が実現した。戦争中、ある実業家から唐招提寺に奉献する新作能をと言われて、とりかかり、うやむやになったことがある。日中の文化交流に尽くした仏教の先人として、善麿の鑑真に対する敬仰は深かった。歌集名「若葉抄」は芭蕉が唐招提寺の鑑真像に捧げた名句〈若葉して御目の雫ぬぐはばや〉に因む。唐招提寺での上演は善麿の願いであった。善麿が自らの「死」を持ち出すのは珍しいが、「鑑真和上」に懸ける思いが伝わる。

『若葉抄』（一九六四）

日ごとつとめに出でし身なりき　なす事のな

おあれば秋の灯をあこうせよ

「秋懐短述十一首」の六首目。韓愈の「秋懐詩」十一首に自分の生活を向き合わせて作ったという。善麿の『新訳詩抄』によると、四十五歳の韓愈が失意のときに作ったということで、善麿の訳した八首目最後は、〈書《ふみ》おきて　しばし眠りね／なすべきこと　かぎりなきなり〉とある。掲出歌は、「かつて毎日、〔新聞社の〕勤めに出ていた身であった。すべきことがまだあるなら〔やろう〕、秋の灯を明るくせよ」。新聞社定年退職後も健康に恵まれていた善麿は、多忙な日々を送っていたが、下の句、なお、余裕を感じさせてたのもしい。

『若葉抄』（一九六四）

いまさらに惜しきいのちぞ　いざ祝杯　ここ
は香港のテンプラ料理

一九六四年十月、中国の建国十五周年国慶節祝典のために訪中した帰りの飛行機が火を噴いた。人びとは慌てふためいたが、七十九歳の善麿は、それならそれで仕方ないと、静かにしていたのだという。飛行機は香港に引き返し、乗客も乗務員も無事だった。飛行機を降りるとき、生きていてよかった、という思いがこみ上げ、今更ながら命を惜しいと感じた。航空会社が、ほんとなら日本に帰っているはずの夜だからと日本料理の店に案内した。それで「香港のテンプラ料理」である。命拾いした安堵のままに、ほどけたようなユーモアが漂っている。

『連山抄』（一九六六）

雲やわれ　われや森かと　十方の世界の中に
すうたばこなり

一九六五年の春、善麿は武蔵野女子大学文学部日本文学科の主任教授に就任した。父、善静《ぜんじょう》の友人、高楠順次郎が創設した浄土真宗の大学で、善麿は「積極的に、晩年の微力を尽してみよう」(『老壮花信』)と思ったという。掲出歌は、「無門関百首」より。禅の本『無門関』の「公案」四十八則に二首ずつ短歌を寄せる連作の、四十六則「竿頭進歩」のところに〈屋上に次の講義の時間まで　ながめてありし武蔵野の秋〉と並んでいる。「十方」はこの世のすべての方角、即ちこの世界。屋上での一服に雲や森と一体化する。何と澄んだ境地だろう。

『連山抄』(一九六六)

老いてなおにじむ涙のあるわれか　秋の夜深く杜甫の詩を読む

月例の「杜甫を読む会」を続けながら、善麿の杜甫研究は飽くことを知らなかった。研究の推進力は感動にほかならない。時に目に涙をにじませて読む。訪中記念の『杜甫草堂記』（一九六二）に続いて、杜甫と禅の関係について考え書いてきた文章を『杜甫門前記』（一九六五）にまとめつつ詠んだのが掲出歌である。善麿は仏教との縁を年々深めていく。新作能「親鸞」、交声曲「歎異抄」、新作能「鑑真和上」、交声曲「伝教大師賛歌」を書き、その上演、演奏に立ち会っては、深い感動に身を浸し、浄土真宗の寺に生まれた幸福をかみしめている。

『連山抄』（一九六六）

式はてて　夕冷えまさる若葉の雨　ひとり書
斎へ帰るほかなし

一九六七年四月十六日、四日前に亡くなった窪田空穂の大隈講堂での文学部葬が行われ、善麿は葬儀委員長を務めた。そのあとの思いを詠んだ一首である。善麿は二十歳で空穂の『まひる野』を読んで短歌に目覚めて以来、空穂を敬愛し続けた。親しく交流し、近くは、善麿を早稲田大学の講師に招き、博士号取得に導いたのも空穂だった。新聞社を定年退職した善麿に学問の道を用意してくれたのだ。頼れる存在をなくし孤独をかみしめながらも善麿は、「自分の道は定まった。書斎へ帰るほか、もうどこへも行くことはない」という思いを新たにした。

『東西抄』(一九六七)

きらめきて　緑の星のまたたくや　世界をお
おう黒き霧の中

一九六八年一月一日の朝日新聞朝刊に「老歌人の願い」「友の死を生かそう」「政治家よ、もっと庶民の声を聞け」との記事がある。記者が善麿宅を訪問して取材したものだ。主題は前年十一月に首相官邸前で抗議の焼身自殺を図った友人、由比忠之進のこと。善麿とは「サミディアーノ（同志）」と呼び合うエスペラントの仲間だった。掲出歌は由比への挽歌の一首。「緑の星」はエスペラントのシンボルマーク。由比が身を挺して訴えた、黒霧に覆われたような世界にエスペラントは輝くか、輝いてほしい。善麿は青年時代の情熱を思い出したようだ。

「眼前抄」（『斜面逃禅記』一九六九）

学問は　われに流離の道なりき　西に東に行
き向いつつ

一九七二年十一月の「周辺」の「周辺抄――杜甫への道」の一首。「周辺」はこの年二月に創刊された善麿とその周辺の人々のための雑誌で、編集者は傍で善麿研究を発信していた冷水茂太である。「周辺」は、最晩年の善麿が健筆を振るう拠点となり、この後の短歌はもっぱらこの「周辺」に発表された。善麿は、学問のために足を運ぶことを惜しまなかった。「西に東に」は、杜甫の資料を求めて京都や足利、中国の杜甫草堂を訪れたこと、ひいては青年時代は欧米文化、やがて東洋文化に惹かれ、方々を訪ねて歩いてきた人生への感慨かもしれない。

『寿塔』（一九七九）

パリみやげのデュポンさわやかに　立つ紫煙《しえん》
マロニエ若葉の風も薫るか

善麿は愛煙家であった。「僕はチェリーを喫んでゐる。一日に二十本乃至二十五本。〔…〕ああけふもまたちと喫み過ぎたなと後悔しながら、また朝になると、すぱりすぱりやつてゐる。」と五十代初めに書いた（『紫煙身辺記』一九三七）が、この習慣は続いたようだ。掲出歌のパリ土産は善麿の米寿祝いに孫の康二氏より贈られたもの。当時、煙草はお洒落な小道具でもあった。ダンディな善麿はパリの高級ライターで煙草をくゆらせながら、パリのマロニエ並木の風を感じ、洗練されたパリの文化を味わっている。何とさわやかな煙草の歌だろう。

『寿塔』（一九七九）

わがために一基の碑をも建つるなかれ　歌は
集中にあり　人は地上にあり

「周辺」一九七三年八・九月号に掲載されている。米寿の年の作品。善麿の歌碑を建てたいという希望は多かった。善麿は二八〇の学校の校歌を書いたのでそうした学校からも希望があり、交声曲「伝教大師賛歌」の詞を書いた縁で比叡山延暦寺も希望を伝えてきたが、善麿は全て断ったという。善麿の歌碑嫌いは、大河内昭爾《おおこうちしょうじ》によると気負いも構えもなく「気分が許さない」ようだった。一九八〇年四月十七日、善麿の葬儀の会葬御礼の封筒の中に、善麿が以前書いたこの歌の色紙を小さく印刷したものが入れられた。だから、善麿の歌碑はない。

『寿塔』（一九七九）

歌わずにはいられないこころ　踊らずにはい
られないからだ　大地の上に

武蔵野女子大学の学院報に寄せた作品（『むさし野十方抄』）。（体育祭即事）との説明書きがあり、学園の体育祭で詠まれた作品と分かるが、古代から古今東西、人間に本質的に備わっている表現への欲求を表したものとも読める。ほぼ定型に沿っているのに、のびやかな調べはそれを感じさせない。このあとに〈よろよろと　ゴールに入って快笑す　二人三脚は誰が勝ちしや〉〈青春の力あふるるコースの上　バトンをとるや　追い追われつつ〉など、目の前の競技をはらはらしながら楽しんで応援している臨場感がある。スポーツの描写は善麿のお家芸だ。

『むさし野十方抄』（一九七七）

われの死を月のひかりに悼みたる　酔謫仙は
いづこにありや

鑑真と対になる日中交流史の先人、阿倍仲麻呂をめぐる文章をまとめた『天の原ふりさけみれば——安倍《（ママ）》仲麿の周辺』（一九七六）の冒頭の「望郷古逸抄」と題する短歌二十一首の終わりから四首目。『歴史の中の生活者』（一九五八）以来の古代人になりきる叙事詩的抒情の久しぶりの新作である。「われ」は仲麻呂。「酔謫仙」は李白。李白の七言絶句「哭晁卿衡」（晁衡《ちょうこう》は仲麻呂の中国名）の第三句「明月不帰沈碧海」は、死んだと噂に聞いた仲麻呂を海に沈んだ月にたとえている。自分の死を悼んでくれた李白を探している不思議な作品である。

『寿塔』（一九七九）

秋がくれば　秋のネクタイをさがすなり　朽
葉のいろの胸にしたしく

武蔵野女子大学の「学院報」の短歌十年分をまとめた小歌集『むさし野十方抄』では第二版から初句が「秋となれば」。大河内昭爾によると、善麿の色紙に従ったという(「あとがき」)。仏教学者、高楠順次郎が開いた浄土真宗のこの学園に、善麿は毎週火曜日に通って講義をしていた。現在の武蔵野大学武蔵野キャンパスで、武蔵野の自然溢れる学園である。粋な善麿のこと、授業のある日はネクタイを締め、お洒落にも気を配ったのではないだろうか。その日その日、季節や天候にあった服装を考える。秋なら茶系、朽葉の色がなつかしく身になじむ。

『寿塔』(一九七九)

いま遂にここに来れりと　並び立ち　見さく
る空の春のあかるさ

日中文化交流協会の創立二十周年に当たる一九七六年、会誌の新年号に九十歳の善麿が寄せた連作の冒頭の一首。並び立つのは中国の代表団団長で旧知の楚図南。中国は善麿の愛する詩聖の故郷。交流の歴史は長いが、善麿の生きた時代、日本軍は繰り返し中国人を敵として恐るべき行いに及んだ。戦後は文革の嵐を潜り、ようやく国交正常化が実現。中国の友人と青空の下に並び立つ幸せを善麿は嚙みしめた。大学の助手の平井奈々子によると、善麿は、卒業後結婚すると報告した学生に、こんな二人であるように、と色紙にこの歌を書いて贈ったという。

『寿塔』（一九七九）

「ウタハミソ　ヒトモジナノカ　ソレナラバ
サンジュウイチジガ　ウタニナルノカ」

『斜面彼岸抄』(一九七七年七月)所収の「周辺公私一〇一首」より。上の句、句またがりのところ、「ウタハミソ」で一字あくので「肝心な点」を表す「ミソ」かと思うと「三十一文字なのか」とつながり、下の句で理不尽につっかかる。〈「ソンナワカ　ラヌコトバデ」と歌がいう「ワタシヲコマラセナイデクダサイ」〉が続く。「そんな和歌」かと思うと「分からぬことばで」と続き、困らせるなと「歌」が言っている。擬人化した「歌」との対話というと、『土岐善麿新集作品1』(一九三三)を思い出す。善麿と「歌」との対話は続いていたようだ。

『寿塔』(一九七九)

中陰のひと日ひと日の香煙に　さきて散りゆ
く　花の静けさ

「中陰」とは亡くなってから四十九日間のこと。一日、一日と、過ぎてゆく。一九七七年六月二十五日。妻タカが自宅で息を引き取った。享年九十。ほのかな芳香の中、花のように散った人を思う、震えるほど上品で静かな挽歌である。七十年近く共に生きた伴侶を失った九十二歳の善磨の悲しみは深かった。早稲田大学の学生に結婚とはと聞かれて「男女が特定の事情のもとで相互に尊敬しあうことさ」（「老若問答」）と答えた善磨の結婚観は、敬慕する親鸞とその妻恵信尼に学んだものでもあっただろう。タカと長く連れ添えたのは大きな幸せだった。

『寿塔』（一九七九）

仏教と日本文学の講座も最後　イチョウ落ち

葉は　掃けども尽きず

一九七九年五月の「周辺」所収。歌集『寿塔』の後も、善麿は、毎号「周辺」に短歌を寄せた。この号も十五首、漢詩和訳の連載も続けている。七十九歳で就任した武蔵野女子大学文学部の教授職を、善麿は九十三歳の春に退いた。一月十六日火曜日の最終講義には教員も大勢集まった。京都の大谷大学には八十八歳まで勤めた。両大学とも浄土真宗の「無量寿（限りない命）」の考えに則って当時は定年制がなかったそうである。下の句、掃いても尽きないイチョウ落ち葉は、善麿の頭に次々に湧き続けるアイデアや解くべき謎を暗示しているようだ。

過海大師の画像の前に端座して　まなこを閉
じつ　われはわれのみ

一九八〇年三月。生前最後の「周辺」より。四月、中国の揚州、北京で唐招提寺の鑑真和上像の展覧会が行われるに際して作られた日中バイリンガルの図録『国宝鑑真和上像中国展記念』（朝日放送事業局）に善麿が揮毫した一首である。鑑真の画像の前に瞑目し善麿は思ったに違いない。弟子たちが行きたがらない日本へ、自ら行こうと鑑真が決意したことを。「われはわれのみ」。自分で決める。褒貶に左右されず歩み続けた善麿の会心の結句だろう。鑑真和上像が初めて中国に渡ったのは四月十四日、その夜、十五日午前二時十五分。大往生であった。

『寿塔』以後

解説　短歌といっしょに長距離を走り切った生活者

河路由佳

土岐《とき》善麿《ぜんまろ》（一八八五〜一九八〇）の歌歴は、父、善静《ぜんじょう》（一八五〇〜一九〇六）の手ほどきで始めた少年時代から九十四歳十か月で亡くなるまで（数年中断した時期もあったものの）八十年近くに及ぶ。善麿は子どものころに父からもらった〈湖友〉という号（父の号「湖月」に因み、その「子ども」だから「とも」をつけたという）を府立一中時代から早稲田大学の学生時代にかけて使っていたが、一九〇八年の初めから一九一八年の末まで、〈哀果〉と名乗り、その後は本名の善麿を使うようになった。

本書に収めた百首は、十代から最晩年までの作品を、原則として、作られた年代順に並べた。善麿の生きた時代と人生と、それに伴う短歌の作風の変遷を駆け抜けたことになる。初めの部分が、歌集の刊行順と異なっていることについて説明しておきたい。出版された最初の歌集は、土岐哀果という名とともに文学史に刻まれるローマ字三行書きの

『NAKIWARAI』(一九一〇)である。それから『黄昏に』『不平なく』『佇みて』『街上不平』、そしてこれらをまとめた『萬物の世界』と三行書き短歌の歌集を続けて出したあとで、約十年前の初期作品を『はつ恋』と題して一九一五年七月に出版した。作られた年代でいえば最も早い。『はつ恋』の章立ては「一九〇六:哀果二十一、一九〇七:哀果二十二、一九〇八:哀果二十三」(原文はローマ字、ローマ数字)で、『NAKIWARAI』の章立ては「I(明治四十)、II(明治四十一)、III(明治四十二)」(原文はローマ字、ローマ数字)である。一九〇七年は即ち明治四十年で善麿は二十二歳になり、翌年も同様で、この二つの歌集は三分の二が時期的に重なり、作品も大半が重複している。すなわち、金子薫園の白菊会や短歌誌「山鳩」に〈湖友〉という名で出したものを含めて通常の表記で発表した作品をローマ字書きに改めたのが『NAKIWARAI』の初めの三分の二の作品で、窪田空穂が「空想時代」と呼んだ儚く美しい作品群である。

『NAKIWARAI』の中でもIIIは、それらとは異なり、自然主義的な「現実暴露の悲哀」(『啄木追憶』九〇ページ)が現れる。石川啄木が称賛、共鳴したのはこの部分であった。善麿のローマ字書き普及への志は一貫しており、ローマ字で書いたものは短歌に限らないが、短歌をローマ字書きしたことで得たものの一つが、三行書きであった。ローマ字で短歌を読みやすくわかりやすくしようとしたら、三行になったのだという。ローマ字をやめてもそのあと五冊の歌集で短歌の三行書きを続け、石川啄木に影響を与えるという大きな実りをもたらした。

〈湖友〉から脱皮し、自ら命名した〈哀果〉という名で活躍した十年ほどが、自然主義的・社会主義的青年歌人として飛躍した時期で、啄木の最晩年の一年三か月ほどを心から語り合える親友として過ごし、その没後に、未発表作品を世に出したのは善麿の偉大な功績の一つである。

善麿は、啄木と二人で計画して未刊に終わった社会思想啓蒙雑誌「樹木と果実」を何とか実現しようと、啄木の死後、一九一三年九月から一九一六年六月まで文芸思想誌「生活と芸術」（全三十四冊）を編集・出版した。このとき社会主義に接近して自分を厳しく追い詰めもしたが、その後、休暇をとって伊豆大島で過ごしたりする日々を経て、『雑音の中』（一九一六）から、自己を肯定的に見つめ、平らな心で身辺を見わたす作風に変わる。この時期、「神経衰弱症状」に陥った善麿が医師の何かに集中せよとの助言を受けて『万葉集』に没頭し、『作者別萬葉短歌全集』（一九一五）を編んだことも、作風の変化を促す要因になったものと思われる。しかし、こうした変化を乗り越えてなお、「生活と芸術」ということばは、善麿の作品に一貫するキーワードであり続けたと言える。古稀の年に出した『早稲田抄』（一九五五）に〈今になりて生活の歌などと説くをきけばわれは歴史の中に微笑す〉という作品があり、これについて善麿は、四十年も前から「生活と芸術」で実践し「生活派」と呼ばれてきたが、「やっと君らもわかったんだねえ」と思ったと話している。現在、生活の中から短歌を生み出す短歌愛好者は多く、文字通り普通になっているため見過ごしがちだが、木俣修はじめ短歌史家が、「生活派」また「人生派」の源流を啄木・哀果におくという評価は一九五〇年代からほぼ定まっていたようである。

善麿はその後、時に古代の人物になりかわったり、漢詩や禅の古典をもじったりすることを試みつつ、心の赴くままに短歌を詠み続けたが、振幅が大きくとも「生活と芸術」という軸は動かなかった。

土岐善麿は青年時代から晩年まで一貫して「歌人」と呼ばれることを厭い、短歌を経済活動に結びつけようとしなかった。頼まれて選者を務めることはあったものの、自ら結社を組織せず、弟子をとらず、短歌の指導書や入門書は書かなかった。海外詠を含めた旅の歌は、すべて新聞社などの仕事の旅である。生活者としての善麿の伴走者が短歌だった。短歌には、どんなときも、どんなに思いがけない事態に遭遇し、どんなに悩み考えるときも傍を走っていてほしかった。そのために、善麿は短歌の脚力を鍛えた。生活派短歌の旗手であった所以である。土岐善麿が、今日、語り継がれるべき「歌人」であることに疑いはない。

最後に、土岐善麿の著作のリストを挙げる。善麿は書くことを好み、多くを書いては本に残した。一冊の中に複数の種類の作品が含まれたりするので分類は困難で、境界は曖昧だが目安として分けてみたものを示す。善麿の短歌は人生の伴走者であったから、その人生や思考の跡を知れば知るほど、その短歌への理解が深まるように思える。

土岐善麿　著作リスト（単著及び単独の編著のみ。刊行年順。同じ書名、内容の再刊は含まず。）

1　短歌（短歌が中心の歌文集、選歌集、アンソロジー、歌論を含む）

『NAKIWARAI』（一九一〇）、『黄昏に』（一九一二）、『不平なく』『佇みて』（一九一三）、『街上不平』『萬物の世界』『はつ恋』（一九一五）、『雑音の中』（一九一六）、『土岐哀果集』（一九一七）、『緑の地平』（一九一八）、『土岐哀果選集』（一九二三）【以上、哀果名義】『緑の斜面』（一九二四）、『空を仰ぐ』（一九二五）、『初夏作品』（一九二八）、『土岐善麿新歌集作品1』（一九三三）、『土岐善麿新歌集作品2　近詠』（一九三八）、『六月』（一九四〇）、『周辺』（一九四二）、『秋晴』（一九四五）、『夏草』（一九四六）、『冬凪』（一九四七）、『現代短歌文学選集　土岐善麿集』、『歌集』（一九四八）、『春野』『歌話』（一九四九）、『遠隣集』（一九五一）、『早稲田抄』（一九五五）、『万葉以後』（一九五六）、『歴史の中の生活者』（一九五八）、『相聞抄』（一九五九）、

『額田抄』(一九六〇)、『四月抄』(一九六三)、『若葉抄』(一九六四)、『連山抄』(一九六六)、『歌と人』『東西抄』(一九六七)、『十方抄』『土岐善麿歌集』『一念抄』(一九七一)、『土岐善麿歌論歌話(上下二巻)』『いのちありて』(一九七五)、『むさし野十方抄』『近作百首墨韻』(一九七七)、『土岐善麿歌集第二　寿塔』(一九七九)

2　漢詩の日本語訳・研究・随

『Uguisu no Tamago』(一九二五)、『鶯の卵(増補)』(一九三二)、『新訳杜甫詩選』(一九五五)、『新版　鶯の卵』(一九五六)、『新訳杜甫詩選　第二』(一九五七)、『新訳杜甫詩選　第三』(一九五九)、『新訳杜甫詩選　第四』(一九六一)、『杜甫草堂記』(一九六二)、『杜甫門前記』(一九六五)、『杜甫周辺記』(一九六七)、『新訳　杜甫』『新訳　詩抄』(一九七〇)、『杜甫への道』(一九七三)、『鶯の卵　新訳中国詩選』(一九八五)

3　能楽・新作能関係

『能楽拾遺』(一九三九)、『能楽三断抄』(一九四二)、『能楽新来抄』(一九四四)、『Japanese Nô Plays』(一九五四)、『摂取の能面』(一九五五)、『新作能縁起』(一九七六)

4　ローマ字普及関係（別の項目にあげたローマ字書きの本を除く）

『Mukasibanasi』（一九一一）、『HYAKUNIN ISSYU』（一九一七）、『OTOGIUTA』（一九一九）、『国字国語問題』（一九二八）、『ローマ字日本語の文献』『日本式になるまで』（一九三一）、『ローマ字文の書き方』『国語と国字問題』（一九四七）

5　研究・評伝

『田安宗武の「天降言」』（一九四〇）、『田安宗武』『高青邱』（一九四二）、『田安宗武　第二冊』（一九四三）、『源実朝』（一九四四）、『田安宗武　第三冊』（一九四五）、『田安宗武　第四冊』（一九四六）、『京極為兼』（一九四七）、『ひとりと世界』（一九四八）、『訳註為兼卿和歌抄』（一九六三）、『新修　京極為兼』（一九六八）、『日本詩人選15　京極為兼』（一九七一）、『天の原ふりさけみれば』（一九七六）

6　啓蒙書

『文芸の話』（一九二九）、『明治大正史芸術篇』（一九三一）、『明治大正芸術史』（一九三六）、『近代日本芸術史』（一九六二）、『駅伝五十三次』（一九七五）

7（漢詩の日本語訳以外の）翻訳・歌舞音曲

『Urasima, Saru to Kurage, Usagi to Wani』（一九一二）、トルストイ『隠遁』（一九一三）、ホイットマン『MITI NO UTA』、ツルゲーネフ『UNMEI』（一九二二）、『新曲　隅田乃橋』（一九三二）、『蜂塚縁起』（一九三三）、『松の葉帖』（一九三四）、『歌舞新曲選』（一九七七）

8 随想

『朝の散歩』（一九二五）、『春帰る』（一九二七）、『外遊心境』『柚子の種』（一九二九）、『やきりんご』（一九三一）、『啄木追懐』『文芸遊狂』（一九三二）、『晴天手記』（一九三四）、『影を踏む』（一九三五）、『紫煙身辺記』（一九三七）、『満目抄』『天地自然』（一九三八）、『斜面の憂鬱』（一九四〇）、『歌・ことば』（一九四二）、『斜面方丈記』『ことば随筆』（一九五七）、『ことば風土記』（一九五九）、『目前心後』（一九六二）、『老壮花信』（一九六七）、『斜面逃禅記』（一九六九）、『斜面送春記』（一九七三）、『斜面周辺記』（一九七五）、『春望』（一九七六）、『斜面季節抄』『斜面彼岸抄』（一九七七）、『斜面相問抄』（一九七八）、

9　編纂（単独で編纂したものに限る）

『啄木遺稿』『啄木歌集』（一九一三）、『作者別萬葉短歌全集』（一九一五）、『啄木選集』（一九一八）、『啄木全集（全三巻）』（一九一九〜二〇）、『Roomazigaki　Tanpen Syoosetusyuu』（一九二一）、『作者別　萬葉全集』『Barahime』（一九二二）、『窪田空穂選集』（一九二三）、『DYOSI ROOMAZI TOKUHON』（一九二四）、『作者別萬葉以後』（一九二六）、『啄木随筆集』（一九二七）、『国歌八論』（一九三二）、『田丸博士論文選集：日本式ローマ字の歴史と展開』（一九三四）、『田安宗武歌集』（一九四四）、『KAZAGURUMA』（一九四七）、『宗武・曙覧歌集』（一九五〇）、『鎌倉室町秀歌』（一九五七）、『明恵上人歌集』（一九八一）

【主たる参考文献】

土岐善麿（一九七一）『土岐善麿歌集』光風社書店

土岐善麿（一九七九）『土岐善麿歌集第二　寿塔』竹頭社

冷水茂太編（一九八三）『人物書誌体系5　土岐善麿』日外アソシエーツ

藤井真理子編（二〇一〇）「土岐善麿の著作年表」†「武蔵野文学館紀要」創刊号、一五七〜一九四ページ

武川忠一（一九八〇）『短歌シリーズ人と作品11　土岐善麿』桜楓社

池田弥三郎ほか（一九七七～七八）「土岐善麿研究」†「短歌」（一九七七年十月～十二月、一九七八年二月～八月、全十回）、角川書店

土岐善麿（一九七七）「土岐善麿が語る初の個人史　歌の成立論　土岐善麿研究」†「短歌」七月臨時増刊号、角川書店、二三五～二五六ページ

【付：編者による関連文献】

河路由佳（二〇二〇）「新作能〈青衣女人〉の初演（一九四三）と再演（一九四九）の間――土岐善麿の戦中戦後――」†「武蔵野文学館紀要」武蔵野大学、一九～四〇ページ

河路由佳（二〇二一）「土岐善麿と『萬葉集』――『作者別萬葉短歌全集』（一九一五）を起点として――」†「戦争と萬葉集」三号、戦争と萬葉集研究会（編集人：小松靖彦）、一～一九ページ

河路由佳（二〇二二）「土岐善麿が日本語文学のローマ字書きに託したもの――土岐善麿（一九二一）『Roomazigaki Tanpen-Syoosetusyu（ローマ字書き短篇小説集）』――」†「外国語学部紀要」第三四号、杏林大学、八九～一一〇ページ

河路由佳（二〇二三）「土岐善麿の新作能「親鸞」をめぐる考察――浄土真宗の能としての成立過程と「生活派」土岐善麿の思想」†「武蔵野文学館紀要」十三号、五三～七九ページ

著者略歴

河路由佳（かわじ　ゆか）

一九五九年生まれ。慶應義塾大学大学院文学研究科修士課程修了。一橋大学大学院言語社会研究科博士後期課程単位取得退学。博士（学術：一橋大学）。杏林大学特任教授、武蔵野大学日本文学研究所客員研究員。近著に『日本語はしたたかで奥が深い――くせ者の言語と出会った〈外国人〉の系譜』。歌集に『日本語農場』『百年未来』『魔法学校』『夜桜気質』『現代短歌文庫　河路由佳歌集』『オレンジ月夜』。新暦短歌会会員、十月会会員。現代歌人協会会員、日本文藝家協会会員。NHK学園短歌添削講師。

土岐善麿の百首　Toki Zenmaro no Hyakushu

著　者　河路由佳　©Yuka Kawaji

二〇二四年六月八日　初版発行

発行人　山岡喜美子
発行所　ふらんす堂
〒一八二-〇〇〇二　東京都調布市仙川町一-一五-三八-二階
電　話　〇三（三三二六）九〇六一
ＦＡＸ　〇三（三三二六）六九一九
ＵＲＬ　https://furansudo.com/
E-mail　info@furansudo.com
振　替　〇〇一七〇-一-一八四一七三
装　幀　和兎
印刷所　創栄図書印刷株式会社
製本所　創栄図書印刷株式会社
定　価　本体一七〇〇円＋税

ISBN978-4-7814-1667-0 C0095 ¥1700E

●既刊　　定価一八七〇円（税込）

小池　光著　『石川啄木の百首』
大島史洋著　『斎藤茂吉の百首』
高野公彦著　『北原白秋の百首』
坂井修一著　『森鷗外の百首』
藤原龍一郎著　『寺山修司の百首』
藤島秀憲著　『山崎方代の百首』
梶原さい子著　『落合直文の百首』
松平盟子著　『与謝野晶子の百首』
大辻隆弘著　『岡井隆の百首』

（以下続刊）